El hortelano y los topos

Cuento de Mercè Escardó i Bas

Ilustraciones de Rosa M. Curto

Para Enric y para todos los que, como él, saben hacer tratos.

Círculo de Lectores

Había una vez un hortelano
que tenía un huerto muy bien cuidado.
Se llamaba Enrique.

En su huerto cultivaba de todo: zanahorias,
tomates, lechugas y nabos.

Un día, una familia de topos
pasó por aquel huerto
y cuando lo vieron tan requetebonito
decidieron quedarse.

El primer día

se llevaron el nabo más grande del huerto.

A la mañana siguiente, el hortelano

encontró el agujero y se extrañó mucho.

Durante el día se iba preguntando:

–Caramba, ¿qué habrá pasado? ¿Cómo es

posible que haya desaparecido un nabo?

Y pensando esto, se fue a acostar.

Pero al día siguiente ¡faltaban dos nabos más!

Como Enrique era un hombre con recursos e ingenio, gritando "¡Qué se han creído estos ladrones!", se puso manos a la obra y preparó una gran trampa para atraparlos.

Por la noche había quedado todo listo
y se fue a dormir
con la tranquilidad del trabajo bien hecho.

Pero al día siguiente,
¡faltaban tres nabos más!

Enrique no podía imaginar
cuánto se habían divertido los topos
aquella noche con su trampa. Tanto,
que durante el día no hablaron de otra cosa
y esperaban divertidos
lo que iba a pasar la noche siguiente.

Como a Enrique
no le asustaban las dificultades
y siempre tenía algún as en la manga,
preparó otra trampa.

Los topos aquella noche
también se lo pasaron en grande
y a la mañana siguiente
aparecieron en el huerto...
¡cuatro agujeros más!

Al levantarse,

el abuelo topo dijo a sus nietos:

—¡Qué hortelano tan amable! No sólo planta y cuida los nabos para nosotros, sino que, además, quiere que nos lo pasemos en grande. Mañana celebraremos una gran fiesta —les dijo entusiasmado—. Invitad a vuestros primos, las cosas buenas deben compartirse.

Enrique, después de comprobar el desastre,
decidió jugarse el todo por el todo
y preparó la trampa más ingeniosa de todas.
La rabia hacía volar su imaginación.

Los topos pasaron el día
muy emocionados
y antes de que el sol se fuera a dormir
empezaron a prepararse
para la gran celebración.

Mientras, Enrique también se preparó:
la linterna, una manta para el frío,
bocadillos y el termo.

Y buscó un buen escondrijo
para ver cómo su trampa hacía estragos.

Esta vez los atraparía,
no le cabía la menor duda.

La familia de topos: padre, madre, hijos y abuelo, llegaron al huerto, limpios y bien peinados.

Al rato, la familia había crecido, ya no eran sólo los que dormían en casa sino también los que lo hacían más lejos.

Después de los abrazos y los besos empezó la gran fiesta.

Todos lo estaban pasando muy bien cuando, de repente, oyeron unos fuertes sollozos.

Enrique los había descubierto, y ante la sorpresa de la mayoría, lloraba y gritaba desesperado:

—¡Ya está bien, dejad mis nabos tranquilos!

De repente los topos comprendieron que se habían equivocado. Enrique no quería ni alimentarlos ni divertirlos.

Así que cuando él añadió amablemente: "Os lo pido por favor...", todos contestaron:
—¡Podías haberlo dicho antes, amigo!

Y desde aquel día,
en el huerto de Enrique hay zanahorias, tomates, lechugas y nabos, ¡pero también topos!

Diseño de la colección:
Cass

Adaptación del diseño: Adriana M. Vila-Abadal

Edición:
Anna Canyelles

Círculo de Lectores, S.A. (Sociedad Unipersonal)
Travessera de Gràcia, 47-49. 08021 Barcelona
www.circulo.es

0107987654321

Licencia editorial para Círculo de Lectores
por cortesía de La Galera, SAU Editorial.
Está prohibida la venta de este libro a personas
que no pertenezcan a Círculo de Lectores.

Depósito Legal: B-12.150-2010

Impreso en la UE
ISBN: 978-84-672-3786-3
Impreso en Tallers Gràfics Soler
Enric Morera, 15. 08950 Esplugues de Llobregat
N.° 06288 A